U0540791

大家小书

新月诗选

陈梦家 编

北京出版集团 北京出版社

图书在版编目（CIP）数据

新月诗选 / 陈梦家编. — 北京：北京出版社，2022.4

（大家小书）

ISBN 978-7-200-15286-9

Ⅰ. ①新… Ⅱ. ①陈… Ⅲ. ①诗集—中国—现代 Ⅳ. ① I226

中国版本图书馆 CIP 数据核字（2020）第 012054 号

总 策 划：安　东　高立志
项目统筹：吴剑文
责任编辑：王忠波　吴剑文
责任印制：陈冬梅　燕雨萌
装帧设计：人马艺术设计·储平

· 大家小书 ·

新月诗选

XINYUE SHI XUAN

陈梦家　编

出　　版	北京出版集团
	北 京 出 版 社
地　　址	北京北三环中路6号
邮　　编	100120
网　　址	www.bph.com.cn
总 发 行	北京出版集团
印　　刷	北京华联印刷有限公司
经　　销	新华书店
开　　本	880毫米×1230毫米　1/32
印　　张	6.5
字　　数	90千字
版　　次	2022年4月第1版
印　　次	2022年4月第1次印刷
书　　号	ISBN 978-7-200-15286-9
定　　价	42.00元

如有印装质量问题，由本社负责调换
质量监督电话　010-58572393

目录

序言 _1

徐志摩

我等候你 _3

再别康桥 _8

沙扬娜拉一首 _11

哈代 _12

大帅 _16

季候 _19

消息 _20

火车擒住轨 _21

闻一多

死水 _27

你指着太阳起誓 _29

夜歌 _30

也许 _32

一个观念 _34

奇迹 _35

饶孟侃

呼唤 _41

招魂 _42

蘅 _44

走 _45

无题 _46

三月十八 _47

孙大雨

诀绝 _51
回答 _52
老话 _53

朱湘

美丽 _57
当铺 _58
雨景 _59
有忆 _60

邵洵美

洵美的梦 _65
蛇 _68
女人 _70

季侯　_71
神光　_72

方令孺

诗一首　_77
灵奇　_78

林徽音

笑　_83
深夜里听到乐声　_85
情愿　_87
仍然　_89

陈梦家

雁子　_93
摇船夜歌　_94

夜 _95

一朵野花 _97

白马湖 _98

再看见你 _99

我是谁 _103

方玮德

海上的声音 _107

幽子 _108

风暴 _109

微弱 _110

梁镇

晚歌 _113

默示 _114

想望 _116

卞之琳

望 _119

黄昏 _120

魔鬼的夜歌 _121

寒夜 _124

俞大纲

她那颗小小的心 _129

你 _131

沈祖牟

瓶花 _135

港口的黄昏 _136

沈从文

颂 _139

对话 _141

我欢喜你 _142

悔 _144

无题 _146

梦 _147

薄暮 _148

杨子惠

"回来啦" _151

铁树开花 _154

她 _156

朱大枬

笑 _159

春光 _160

默向凉秋 _161

淡忘 _162

感慨太多 _163

落日颂 _164

刘梦苇

铁路行 _169

最后的坚决 _171

生辰哀歌 _173

致某某 _176

示娴 _178

序言

一

新诗在这十多年来,正像一支没有定向的风,在阴晦的气候中吹,谁也不知道它要往哪一边走。早上和黄昏的流云,本没有相同的方向,因为地面上直流的长河有着他们不变的边岸。中国的新诗,又比是一座从古就沉默的火山,这一回,突然喷出万丈光芒沙石与硫磺交杂的火焰,只是煊亮,却不是一宗永纯的灿烂。人,全有他们指望的永恒,但是风暴与虹一切天界奇丽的彩霞,总只是暂时间的美,不是永常的光明。所以尽管细,细得像一支山泉的水源,她静静的流,流过千重万重的山,在山涧里悄悄走着生命无穷的路,耐着性,并不有多大狂妄的夸张,她只是悄悄的无停留的流。渐渐的,她如蚕丝的越吐越长,她也不要惊奇她所成就的宏伟的事业,因为她是一条长江的起源。哪一时她流,流进了海口,当她回头一望几万里遥远的过程(她自己原没有想到那样长),再望到大海里自由与辽阔的世界,她怎样能不欢喜?

我们自己相信只是山涧中一支小小的水,也有过多少曲折蜿蜒的路程,每一段路使我们感到前面尽是无穷创造的天地。我们也曾遇到些石砾的阻碍,但我们有的是流不尽的气力,和一个永远前向的指望;背后流过那长长的流水不再欺骗我们,给了我们更深的信心,教我们淡忘了当前小小的阻碍,忍耐的开辟新的路子。我们欢喜,因为水总是越流越大,且不问她要成就的是一滩湖还是一流长河,但我们企望的是看得见大海,在大海里应和浪花的喧响的歌。我们厌弃寂寞。

十年来的新诗,又像一只小船在大海里飘;在底下有那莫可以抵抗汹涌的从好远的天边一层卷一层越过越强蛮的水浪,追着船顺着它行;但侧面那从更辽远的高山丛林间吹来的大风,也有难以对制的雄力,威胁风帆朝着它的方向飘。船只有一个舵,他要听从哪一方才好?

我说，不是风，也不是水势。他应该一半靠着风一半靠水势，在风和水势两下牵持不下的对抗中，找一个折衷的自然趋向。

我们自己相信一点也不曾忘记中国三千年来精神文化的沿流（在东方一条最横蛮最美丽的长河），我们血液中依旧把持住整个中华民族的灵魂；我们并不否认古先多少诗人对于民族贡献的诗篇，到如今还一样感动我们的心。可是到了这个世纪，不同国度的文化如风云会聚在互相接触中自自然然溶化了。我们的小船已经不复是在内河里单靠水势或一根牵绳向前行，船出了海口在大洋里便不由你自己做主，因为风抵住你的帆篷！（她至少也有一半操纵的力量。）外国文学影响我们的新诗，无异于一阵大风的侵犯，我们能不能不受她大力的掀动湾过一个新的方面？那完全是自然的指引。我们的白蔷薇园里，开的是一色雪白的花，飞鸟偶尔撒下一把异色的种子，看园子的人不明白，第二个春天竟开了多少样奇丽的异色的蔷薇。那全有美丽的，因为一样是花。

我们再一计数十年来的航行，到底走了多少路程？不是吗？有的时候纡缓，因为安稳总是顶好；有的时候急速，谁都爱赶走快路；有的时候只来回地打转，船失了主张，船手有的招怪风有的招怪水势，向左向右，快，慢，伙计们各有各的主意，全不让步；来共同商议一致的策略。一支舵，不能撑开两样的方向。舵在船尾梢上，但另外一支舵是开船人的"齐心"。伙计们在驶行上多争执，不知耽误了多少行程。在沙滩上搁浅的时候，有的人就躺下睡着了。剩下那警醒的蛮壮的，齐心合意把船救出了沙滩，友谊与热诚的携手。一同认定一个方向走。现在船在海洋上，惊涛和礁石时常遇到，但是险恶中使他们知道谨戒，使他们坚强。

我们自己相信是在同一方向努力的人。对于新诗，单凭了自己（这少数人）算是指出一个约略的方向，这方向，只是这少数人共同的信心。我们在相似或相近的气息之下禀着同样以严正态度认真写诗的精神（并且只为着诗才写诗），我们希望一点苦心总不会辜负自己。现在我回顾过去五六年中各人的诗作，收集来做为我们热诚的友谊与共同的努力的纪念。中国写诗的人尽多，但我不打算做一次完全的收集，只凭这十数人小小努力的成绩，贡献在读者的前面，给他们一点整个的印象。功罪完全让给读者去评定，我们甘愿担当公正的罪名。

这诗选，打北京《晨报副镌·诗镌》数到《新月》月刊以及最近出世的《诗刊》并各人的专集中，挑选出来的。我敢说，这里并没有可以使人惊异或赞美的光辉，我们不盼望立时间成就的"大"，尽管小，小得只要"纯"。几粒小小的星子，她只是黑夜里一个启示，因为未来的光旦有着更大的光芒，太阳伟大的灿烂是无可比拟的，数不到小星自己。

二

我们欢喜"醇正"与"纯粹"。我们爱无瑕疵的白玉，和不断锻炼的纯钢。白玉，好比一首诗的本质，纯粹又美；钢代表做诗人百炼不懈的精神：如生铁，在烈火中烧，在铁砧上经过无数次大锤的挞打，结果那从苦打和煎熬中锻炼出来的纯钢，才能坚久耐用。我们以为写诗在各样艺术中不是件最可轻易制作的，他有规范，像一匹马用得着缰绳和鞍辔。尽管也有灵感在一瞬间挑拨诗人的心，如像风不经意在一支芦管里透出谐和的乐音，那不是常常想望得到的。精心刻意在一件未成就的艺术品上预先想好它最应当的姿态，就能换得他们苦心的代价。听人在三弦上拉出传神的曲调，尽是那么简单的三根弦，那么一弯平常的弓，和几只指头的拨弄，自有他得神的"技巧"。谁能说他们的手指在琴弦上的拨弄，不是经过了多少回的试验？一个天才难说从来就懂得最适当地位。一首好诗，固然一定少不了那最初浸透诗人心里的灵感，就如灯，若使有油没有火去点是不会发亮的。但是小小一盏火，四面有风得提防要小心火焰落下去，你让怎样卫护已经点亮的火，使它在自己能力的圈子里发最辉煌的光。一个做诗人也要有如此细心与耐心。

匠人在方玉石上想要雕镂出奇美的图像，他先要有一个想象，再要准备好一把锐利的刀，又要手腕，要准确地把自己的想象描上玉石上，因为一个匠人最大的希望最高的成功是在作品上发现他自己的精神的反映。醇正与纯粹是作品最低限的要求，那精神的反映，有赖匠人神工的创造，那是他灵魂的移传。在他的工程中，得要安详的思索，想象的完全，是思想或情感清滤的过程。

诗，具有两重创造的涵义：在表现上，它所希求的是新的创造，是从锻炼中提选出的坚实的菁华，它是一个灵魂紧缩的躯壳。在诗的灵感上，需要那新的印象的获取（就是诗的内在是一着新的诗的发现）。所以写诗人的涵养是必不可少的。真实的感情是诗人最紧要的元素，如今用欺骗写诗的人到处是，他们受感情以外的事物的指示。其次，要从灵感所激动的诗写出来，他要忠实于自己。技巧乃是从印象到表现的过渡，要准确适当，不使橘树过了河成了枳棘。

有些撒种的人，有好的种子却不留心把它撒在荆棘里，石头上或浅土的地方，种子就长不起来。诗，也一样需要适宜栽培的（图画或音乐，一样需要色彩或声调的设置得宜）。所以诗，也要把最妥帖最调适最不可少的字句安放在所应安放的地位：它的声调，甚或它的空气（atmosphere），也要与诗的情绪相默契。

为什么一张图画安上了金边就显得清楚？为什么在城外看见煊红的落日圈进一道长齐的古城墙里就更使我们欢喜？是的，从有限中才发现无穷。一首蕴藏无限意义的诗不在长，也许稀少的几行字句就淹没了读书的海。（因为它是无穷意义的缩短。）限制或约束，反而常常给我们情绪伸张的方便。"紧凑"所造就的利益,是有限中想见到无限。诗的暗示,捡拾了要遗漏的。

我们不怕格律。格律是圈,它使诗更显明,更美。形式是官感赏乐的外助。格律在不影响于内容的程度上,我们要它,如像画不拒绝合式的金框。金框也有它自己的美,格律便是在形式上给与欣赏者的贡献。但我们决不坚持非格律不可的论调,因为情绪的空气不容许格律来应用时,还是得听诗的意义不受拘束的自由发展。

我们并不是在起造自己的镣锁,我们是求规范的利用。练拳的人不怕重铅累坏两条腿,他们的累赘是日后轻腾的准备;日久当他们放松了腿上绑着的重铅,是不是他得可以跑得快跳得高,他们原先也不是有天赋的才能,约束和累赘的肩荷造就了他们的神技。匠人决不离他的规矩绳尺,即是标准。诗有格律,才不失掉合理的相称的度量。

既是诗,打从初在心灵中发动起,一直到谱成文字,早就多少变了原样,因为文字到底不能表现我们情绪之整体。所以文字,原是我们的工具,我们永远摆脱不过的镣锁,倘使我们要"写"诗。只是从熟练中,我们能渐渐把持它，操纵它，全靠我们对它深切的交接。我们会把技巧和格律化成自己运用的一部。但是合理，情绪的原来空气的保存，以及诗的价值的估量，是运用技巧或格律的前提。

主张本质的醇正，技巧的周密和格律的谨严差不多是我们一致的方向，仅仅一种方向，也不知道那目的离得我们多远！我们只是虔诚的朝着那一条希望的道上走。此外，态度的严正又是我们共同的信心。认真，是写诗人的好德性，天才的自夸不是我们所喜悦的。我们写诗，因为有着不可忍受的激动，灵感的跳跃挑拨我们的心，原不计较这诗所给与人的究竟是什么。我们不曾把诗注定在哪一种特定的意义上（或用义上），我们知道感情不容强迫。我们从所看的所听的而有感的想的，都一齐写来，灵感的触遇，是不可预料，没有界限的。纵使我们小，小得如一粒沙子，我们也始终忠实于自己，诚实表现自己渺小的一掬情感，不做夸大的梦。我们全是年青人，如其正恋爱着，我们自然可以不羞惭的唱出我们的情歌。但是当我们生活在别样的空气中，别样的情感煽动我们，我们也承受。世界是大，各人见闻的总只一角落，除非我们的想象，她有最能耐的翅膀辽远的飞。但我们时刻不曾忘掉自己的血，踩着的地土，并这时间的罡风，我们的情绪决不是无依凭的从天空掉下的。惑人的新奇，夸张的梦，和刺激的引诱，我们谨慎不敢沾染。把住一点儿德性上的矜持，老老实实做人，老老实实写诗。

总之，我们写诗，只为我们喜爱写。比是一只雁子在黑夜的天空里飞，她飞，低低的唱，曾不记得白云上留下什么记号？只是那些歌，是她自己喜爱的！她的生命，她的欢喜！

三

在这里入选的共十八人，诗八十首。其中，有的人写的不多，只好少选。各诗的来处如下：民国十五年四月至六月北京《晨报副镌》的《诗镌》共十一期，十六年三月起《新月》月刊共三卷，二十年《诗刊》共三期，《死水》（闻著），《志摩的诗》，《翡冷翠的一夜》，《猛虎集》（以上徐著），《梦家诗集》（以上新月出版），《草莽集》（朱湘著，开明出版）。此外有从别处选来的，为数极少。这些诗，仅仅根据自己的直观，选择那些气息相似的，有的曾和作者自己商谈过，拣各人诗中别具风格的（typical）。有些长诗，因篇幅关系只好从略了。

在我选好以后，我发现这册集子里多的是抒情诗，几乎占了大多数。我个人，最欢喜抒情诗。抒情诗的好处，就是那样单纯的感情单纯的意象，却给人无穷的回味。（我们看见小小一颗星，时常启示我们无穷的想象。）人类最可宝贵的，是一刹那间灵感的触发，（虽是俄顷，谁说不就是永久？）记载这自己情感的跳跃，才是生命与自我的真实表现。伟大的叙事诗尽有它不朽的价值，但抒情诗给人的感动与不可忘记的灵魂的战栗，更能深切的抱紧读者的心。诗人偶尔的感兴，竟许是影响人类的终古的情绪。抒情诗好比灵魂的底奥里一颗古怪的火星，和一宗不会遗失的声音，一和我们交感以后，像云和云相擦而生的闪电，变成我们自己的灵魂的声音，这真是自然的奇迹！

从前于新诗始终不懈怠，以柔美流丽的抒情诗最为许多人喜欢并赞美的，那位投身于新诗园里耕耘最长久最勤快的，是徐志摩。他的诗，永远是愉快的空气，不曾有一些儿伤感或颓废的调子，他的眼泪也闪耀着欢喜的圆光。这自我解放与空灵的飘忽，安放在他柔丽清爽的诗句中，给人总是那舒快的感悟。好像一只聪明玲珑的鸟，是欢喜，是怨，她唱的皆是美妙的歌。山，海，小河，女人，马来人，诗家，穷孩子，都有着他对他们的同情的回响。《我等候你》是他一首最好的抒情诗。《再别康桥》和《沙扬娜拉》是两首写别的诗，情感是澄清的。《季候》一类诗是他最近常写的小诗，是清，是飘忽，却又是美！但是"不知道风是在哪一个方向吹"，志摩的诗也正如此呢！

影响于近时新诗形式的，当推闻一多和饶孟侃他们的贡献最多。中国文字是以单音组成的单字，但单字的音调可以别为平仄（或抑扬），所以字句的长度和排列常常是一首诗的节奏的基础。主张以字音节的谐和，句的均齐，和节的匀称，为诗的节奏所必须注意而与内容同样不容轻忽的，使听觉与视觉全能感应艺术的美（音乐的美，绘画的美，建筑的美），使意义音节（rhythm）色调（tone）成为完美的谐和的表现，而为对于建设新诗格律（form）唯一的贡献，是他们最不容抹杀的努力。

苦炼是闻一多写诗的精神，他的诗是不断的锻炼不断的雕琢后成就的结晶。《死水》一首代表他的作风，《也许》《夜歌》同是技巧与内容溶成一体的完美。《你指着太阳起誓》是他最好一首诗，有如一团熔金的烈火。

同样以不苟且的态度在技巧上严密推敲，而以单纯意象写出清淡的诗，是饶孟侃。澄清如水，印着清灵的云天。《呼唤》《蘅》《招魂》全一样皆是清淡可喜的诗。四行《走》有他试创的风格。

朱湘诗，也是经过刻苦磨炼的。《当铺》的题材，很难得。《雨景》一首在阴晦中启示着他的意义。

十四行诗（Sonnet）是格律最谨严的诗体，在节奏上它需求韵节在链锁的关联中最密切的接合；就是意义上，也必须遵守合律的进展。孙大雨的三首商籁体给我们对于试写商籁体增加了成功的指望，因为他从运用外国的格律上，得着操纵裕如的证明。他的一千行《自己的写照》是一首精心结构的惊人的长诗，是最近新诗中一件可以纪念的创造。他有阔大的概念从整个的纽约城的严密深切的观感中，托出一个现代人错综的意识。新的词藻，新的想象，与那雄浑的气魄，都是给人惊讶的。

邵洵美的诗是柔美的迷人的春三月的天气，艳丽如一个应该赞美的艳丽的女人，（她有女人十全的美。）只是那缱绻是十分可爱的。《洵美的梦》是他对于那香艳的梦在滑稽的庄严下发出一个疑惑的笑。如其一块翡翠真能说出话赞美另一块翡翠，那就正比是洵美对于女人的赞美。

在此地，容我表示我的欢喜，能以在这集子中收集两位女诗人的选作。令孺的《诗一首》是一道清幽的生命的河的流响，她是有着如此样严肃的神采，这单纯印象的素描，是一首不经见的佳作。同样的渴望着更奇丽的诗篇的出现，对于林徽音初作的几首诗表示我们酷爱的欢心。她的《笑》也是一首难得有的好诗。

玮德的诗是我朋友间所最倾爱的，又轻活，又灵巧，又是那么不容易捉摸的神奇。《幽子》《海上的声音》皆有他特树的风格，紧迫的锤炼中却显出温柔。

卞之琳是新近认识很有写诗才能的人。他的诗常常在平淡中出奇，像一盘沙子看不见底下包容的水量。如《黄昏》，如《望》都是成熟了的好诗。

梁镇、俞大纲、沈祖牟的几首诗，技巧的熟练和意境的纯粹，决不是我们的夸张。梁镇的诗是浓重的，《想望》是一首颂赞自然的诗，《默示》给我们一种最美最回荡的情调。大纲、祖牟全有旧诗的根柢，他们的词藻是相信得过都是经过拣炼的。但大纲的诗清，祖牟的诗安稳。

沈从文以各样别名散在各处的诗，极近于法兰西的风趣，朴质无华的词藻写出最动人的情调。我希望读者看过了格律谨严的诗以后，对此另具一风格近于散文句法的诗，细细赏玩它精巧的想象。所惜他许多写苗人的情歌，一时无法尽量搜寻，是我最大的遗憾。

末了，杨子惠、朱大枬、刘梦苇三位已故的诗人，他们在《晨报副镌·诗镌》曾有过最可珍惜的努力的写作，现在将他们的遗作并在一起，算作一点小小的纪念，并向他们致最敬的哀悼。

在此，谨以谦卑与热诚的态度，将这束诗选贡献给爱读诗的人们。这只是暴露，决不是可以炫耀的。我们再说：

我们甘愿担当公正的罪名。

二十年八月陈梦家僭拟于上海天通庵。

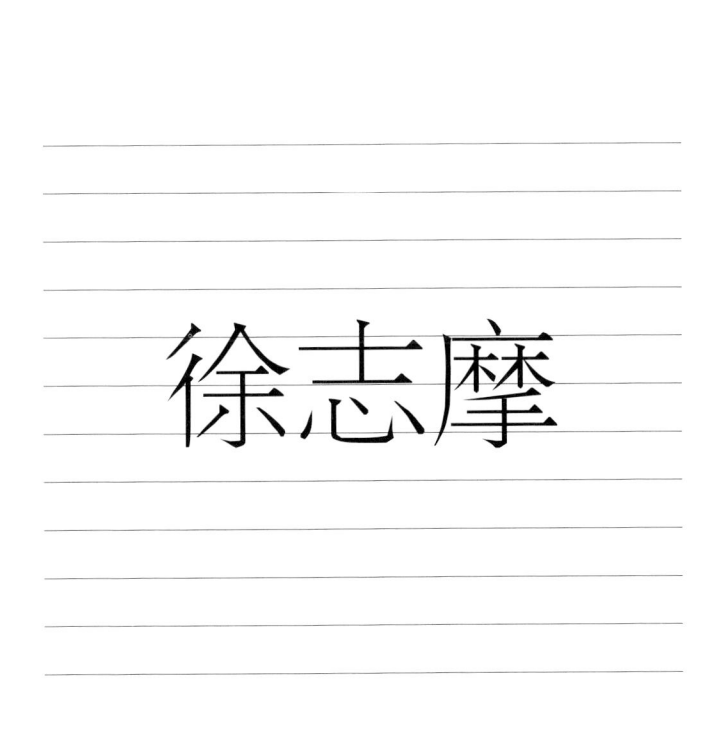

徐志摩

我等候你

我等候你。
我望着户外的昏黄
如同望着将来,
我的心震盲了我的听。
你怎还不来?希望
在每一秒钟上允许开花。
我守候着你的步履,
你的笑语,你的脸,
你的柔软的发丝,
守候着你的一切;
希望在每一秒钟上
枯死——你在哪里?
我要你,要得我心里生痛,

我要你的火焰似的笑，

要你的灵活的腰身，

你的发上眼角的飞星；

我陷落在迷醉的氛围中，

像一座岛，

在蟒绿的海涛间，不自主的在浮沉……

喔，我迫切的想望

你的来临，想望

那一朵神奇的优昙

开上时间的顶尖！

你为什么不来，忍心的？

你明知道，我知道你知道，

你这不来于我是致命的一击，

打死我生命中乍放的阳春，

教坚实如矿里的铁的黑暗，

压迫我的思想与呼吸；

打死可怜的希冀的嫩芽，

把我，囚犯似的，交付给

妒与愁苦，生的羞惭

与绝望的酷惨。

这也许是痴。竟许是痴。

我信我确然是痴,

但是不能转拨一支已然定向的舵,

万方的风息都不容许我犹豫——

我不能回头,运命驱策着我!

我也知道这多半是走向

毁灭的路;但

为了你,为了你

我什么也都甘愿;

这不仅我的热情,

我的仅有的理性亦如此说。

痴!想碟碎一个生命的纤微

为要感动一个女人的心!

想博得的,能博得的,至多是

她的一滴泪,

她的一阵心酸,

竟许一半声漠然的冷笑;

但我也甘愿,即使

我粉身的消息传到

她的心里如同传给

一块顽石,她把我看作

一只地穴里的鼠,一条虫,

我还是甘愿!

痴到了真,是无条件的,

上帝他也无法调回一个

痴定了的心如同一个将军

有时调回已上死线的士兵。

枉然,一切都是枉然,

你的不来是不容否认的实在,

虽则我心里烧着泼旺的火,

饥渴着你的一切,

你的发,你的笑,你的手脚;

任何的痴想与祈祷

不能缩短一小寸

你我间的距离!

户外的昏黄已然

凝聚成夜的乌黑,

树枝上挂着冰雪,

鸟雀们典去了它们的啁啾,

沉默是这一致穿孝的宇宙。

钟上的针不断的比着

玄妙的手势,像是指点,

像是同情,像是嘲讽,

每一次到点的打动,我听来是

我自己的心的

活埋的丧钟。

再别康桥

轻轻的我走了,
　　正如我轻轻的来;
我轻轻的招手,
　　作别西天的云彩。

那河畔的金柳,
　　是夕阳中的新娘;
波光里的艳影,
　　在我的心头荡漾。

软泥上的青荇,
　　油油的在水底招摇;
在康河的柔波里,

我甘心做一条水草！

那榆荫下的一潭，
　不是清泉，是天上虹
揉碎在浮藻间，
　沉淀着彩虹似的梦。

寻梦？撑一支长篙，
　向青草更青处漫溯，
满载一船星辉，
　在星辉斑斓里放歌。

但我不能放歌，
　悄悄是别离的笙箫；
夏虫也为我沉默，
　沉默是今晚的康桥！

悄悄的我走了，
　正如我悄悄的来；

我挥一挥衣袖,

  不带走一片云彩。

沙扬娜拉一首

　　　　　　　　　赠日本女郎

最是那一低头的温柔,
　像一朵水莲花不胜凉风的娇羞,
道一声珍重,道一声珍重,
　那一声珍重里有甜蜜的忧愁——
　　沙扬娜拉!

注:沙扬娜拉,日语"再会"。

哈代

哈代,厌世的,不爱活的,
　　这回再不用怨言,
一个黑影蒙住他的眼?
　　去了,他再不漏脸。

八十八年不是容易过,
　　老头活该他的受,
扛着一肩思想的重负,
　　早晚都不得放手。

为什么放着甜的不尝,
　　暖和的座儿不坐,
偏挑那阴凄的调儿唱,

辣味儿辣得口破:

他是天生那老骨头僵,
　　一对眼拖着看人,
他看着了谁谁就遭殃,
　　你不用跟他讲情!

他就爱把世界剖着瞧,
　　是玫瑰也给拆坏;
他没有那画眉的纤巧,
　　他有夜鸮的古怪!

古怪,他争的就只一点——
　　一点灵魂的自由,
也不是成心跟谁翻脸,
　　认真就得认个透。

他可不是没有他的爱——
　　他爱真诚,爱慈悲:

人生就说是一场梦幻，
　　也不能没有安慰。

这日子你怪得他惆怅，
　　怪得他话里有刺，
他说乐观是"死尸脸上
　　抹着粉，搽着胭脂！"

这不是完全放弃希冀，
　　宇宙还得往下延，
但如果前途还有生机，
　　思想先不能随便。

为维护这思想的尊严，
　　诗人他不敢怠惰，
高擎着理想，睁大着眼，
　　抉剔人生的错误。

现在他去了，再不说话。

（你听这四野的静，）
你爱忘了他就忘了他
（天吊明哲的凋零）！

大帅

（战歌之一）

（见日报，前敌战士，随死随掩，间有未死者，即被活埋。）

"大帅有命令以后打死了的尸体
再不用往回挪（叫人看了挫气），
　　就在前边儿挖一个大坑，
　　拿瘪了的弟兄们往里掷，
　　　掷满了给平上土，
　　　给它一个大糊涂，
　　　也不用给做记认，
　　　管他是姓贾姓曾！
　　也好，省得他们家里见了伤心：
　　　娘抱着个烂了的头，

弟弟提溜着一只手,
新娶的媳妇到手个脓包的腰身!

"我说这坑死人也不是没有味儿,
有那西晒的太阳做我们的伴儿,
　瞧我这一抄,抄住了老丙,
　他大前天还跟我吃烙饼,
　　叫了壶大白干,
　　咱们俩随便谈,
　　你知道他那神气,
　　一只眼老是这挤:
谁想他来不到三天就做了炮灰,
　　老丙他打仗倒是勇,
　　　你瞧他身上的窟窿!——
去你的,老丙,咱们来就是当死胚!

"天快黑了,怎么好,还有这一大堆?
听炮声,这半天又该是我们的毁!
　麻利点儿,我说你瞧,三哥,

那黑刺刺的可不又是一个！
　　嘿，三哥，有没有死的，
　　还开着眼流着泪哩！
　　我说三哥这怎么来，
　　总不能拿人活着埋！"——
"吁，老五，别言语，听大帅的话没有错：
　　见个儿就给铲，
　　见个儿就给埋，
躲开，瞧我的；欧，去你的，谁跟你啰嗦！"

季候

他俩初起的日子,
像春风吹着春花。
花对风说"我要",
风不回话:他给!

但春花早变了泥,
春风也不知去向。
她怨,说天时太冷;
"不久就冻冰",他说。

消息

雷雨暂时收敛了；
　　双龙似的双虹，
　　显现在雾霭中，
　　夭矫，鲜艳，生动，——
好兆！明天准是好天了。

什么？又是一阵打雷了，——
　　在云外，在天外，
　　又是一片暗淡，
　　不见了鲜虹彩，——
希望，不曾站稳，又毁了。

火车禽住轨

火车禽住轨,在黑夜里奔:
过山,过水,过陈死人的坟:

过桥,听钢骨牛喘似的叫,
过荒野,过门户破烂的庙;

过池塘,群蛙在黑水里打鼓,
过噤口的村庄,不见一粒火;

过冰清的小站,上下没有客,
月台袒露着肚子,像是罪恶。

这时车的呻吟惊醒了天上

三两个星,躲在云缝里张望;

那是干什么的,他们在疑问,
大凉夜不歇着,直闹又是哼,

长虫似的一条,呼吸是火焰,
一死儿往暗里闯,不顾危险,

就凭那精窄的两道,算是轨,
驮着这份重,梦一般的累坠。

累坠!那些奇异的善良的人,
放平了心安睡,把他们不论

俊的村的命全盘交给了它,
不问爬的是高山还是低洼,

不问深林里有怪鸟在诅咒,
天象的辉煌全对着毁灭走;

只图眼前过得,裂大嘴打呼,
明儿车一到,抢了皮包走路!

这态度也不错!愁没有个底;
你我在天空,哪天也不休息,

睁大了眼,什么事都看分明,
但自己又何尝能支使运命?

说什么光明,智慧,永恒的美,
彼此同是在一条线上受罪;

就差你我的寿命比他们强,
这玩艺儿反正一片糊涂账!

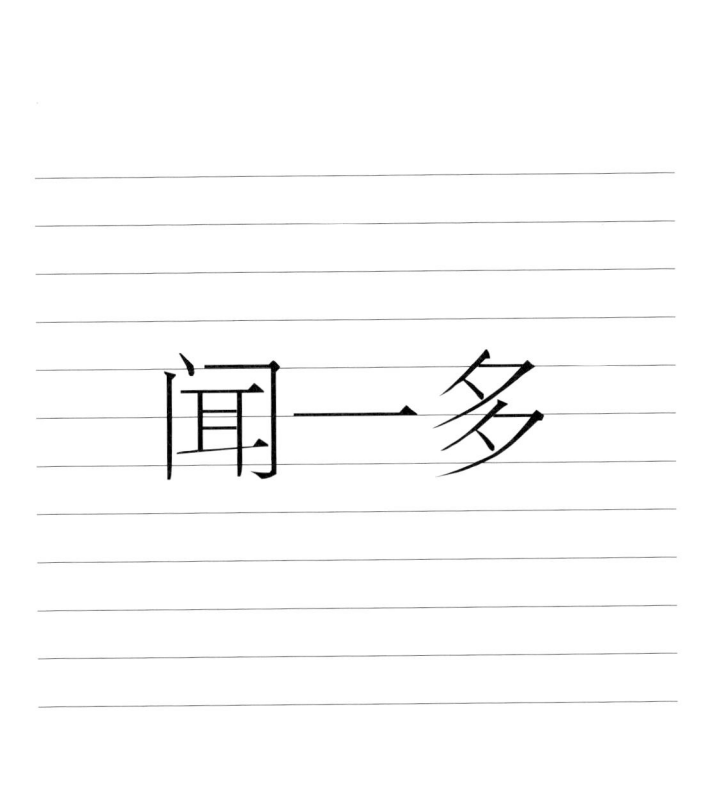

闻一多

死水

这是一沟绝望的死水,
清风吹不起半点漪沦。
不如多扔些破铜烂铁,
爽性泼你的剩菜残羹。

也许铜的要绿成翡翠,
铁罐上锈出几瓣桃花;
再让油腻织一层罗绮,
霉菌给他蒸出些云霞。

让死水酵成一沟绿酒,
飘满了珍珠似的白沫;
小珠笑一声变成大珠,

又被偷酒的花蚊咬破。

那么一沟绝望的死水，
也就夸得上几分鲜明。
如果青蛙耐不住寂寞，
又算死水叫出了歌声。

这是一沟绝望的死水，
这里断不是美的所在，
不如让给丑恶来开垦，
看他造出个什么世界。

你指着太阳起誓

你指着太阳起誓,叫天边的鸟雁
说你的忠贞。好了,我完全相信你,
甚至热情开出泪花,我也不诧异。
只是你要说什么海枯,什么石烂……
那便笑得死我。这一口气的工夫
还不够我陶醉的,还说什么"永久"?
爱,你知道我只有一口气的贪图,
快来箍紧我的心,快!啊,你走,你走……
我早算就了你那一手——也不是变卦——
"永久"早许给了别人,秕糠是我的份,
别人得的才是你的菁华——不坏的千春。
你不信?假如一天死神拿出你的花押,
你走不走?去去!去恋着他的怀抱。
跟他去讲那海枯石烂不变的贞操!

夜歌

癞虾蟆抽了一个寒噤,
黄土堆里攒出个妇人,
妇人身旁找不出阴影,
月色却是如此的分明。

黄土堆里攒出个妇人,
黄土堆上并没有裂痕;
也不曾惊动一条蚯蚓,
或绷断蟏蛸一根网绳。

月光底下坐着个妇人,
妇人的容貌好似青春,
猩红衫子血样的狰狞,

鬅松的散发披了一身。

妇人在号咷,捶着胸心,
癞虾蟆只是打着寒噤,
远村的荒鸡哇的一声,
黄土堆上不见了妇人。

也许

(葬歌)

也许你真是哭得太累,
也许,也许你要睡一睡,
那么叫苍鹭不要咳嗽,
蛙不要号,蝙蝠不要飞,

不许阳光攒你的眼帘,
不许清风刷上你的眉,
无论谁都不能惊醒你,
我吩咐山灵保护你睡,

也许你听着蚯蚓翻泥,

听那细草的根儿吸水,
也许你听这般的音乐,
比那咒骂的人声更美;

那么你先把眼皮闭紧,
我就让你睡,我让你睡,
我把黄土轻轻盖着你,
我叫纸钱儿缓缓的飞。

一个观念

你隽永的神秘，你美丽的谎，
你倔强的质问，你一道金光，
一点儿亲密的意义，一股火，
一缕缥缈的呼声，你是什么？
我不疑，这因缘一点也不假，
我知道海洋不骗他的浪花。
既然是节奏，就不该抱怨歌。
啊，横暴的威灵，你降伏了我，
你降伏了我？你绚缦的长虹——
五千多年的记忆，你不要动，
如今我只问怎样抱得紧你……
你是那样的横蛮，那样美丽！

奇迹

我要的本不是火齐的红,或半夜里
桃花潭水的黑,也不是琵琶的幽怨,
蔷薇的香;我不曾真心爱过文豹的矜严,
我要的婉娈也不是任何白鸽所有的。
我要的本不是这些,而是这些的结晶,
比这一切更神奇得万倍的一个奇迹!
可是,这灵魂是真饿得慌,我又不能
让他缺着供养;那么,即便是秕糠,
你也得募化不是? 天知道,我不是
甘心如此,我并非倔强,亦不是愚蠢,
我是等你不及,等不及奇迹的来临!
我不敢让灵魂缺着供养。 谁不知道
一树蝉鸣,一壶浊酒,算得了什么?

纵提到烟峦，曙壑，或更璀璨的星空，
也只是平凡，最无所谓的平凡，犯得着
惊喜得没主意，喊着最动人的名儿，
恨不得黄金铸字，给妆在一支歌里？
我也说但为一阕莺喊便噙不住眼泪，
那未免太支离，太玄了，简直不值当。
谁晓得，我可不能不那样：这心是真
饿得慌，我不得不节省点，把藜藿
当作膏粱。

    可也不妨明说，只要你——
只要奇迹露一面，我马上就放抛平凡，
我再不瞅着一张霜叶梦想春花的艳，
再不浪费这灵魂的膂力，剥开顽石
来诛求碧玉的温润；给我一个奇迹，
我也不再去鞭挞着"丑"，逼他要
那份儿背面的意义；实在我早厌恶了
那勾当，那附会也委实是太费解了。
我只要一个明白的字，舍利子似的闪着
宝光；我要的是整个的，正面的美。

我并非倔强,亦不是愚蠢,我不会看见团扇,悟不起扇后那天仙似的人面。
那么

　　我等着,不管等到多少轮回以后——既然当初许下心愿时,也不知道是多少轮回以前——我等,我不抱怨,只静候着一个奇迹的来临。　总不能没有那一天,让雷来劈我,火山来烧,全地狱翻起来扑我,……害怕吗?你放心,反正罡风吹不熄灵魂的灯,情愿蜕壳化成灰烬,不碍事;因为那——那便是我的一刹那,一刹那的永恒;——一阵异香,最神秘的肃静,(日,月,一切星球的旋动早被喝住,时间也止步了,)最浑圆的和平……我听见阊阖的户枢砉然一响,紫霄上传来一片衣裙的綷縩——那便是奇迹——半启的金扉中,一个戴着圆光的你!

饶孟侃

呼唤

有一次我在白杨林中,
  听到亲切的一声呼唤;
那时月光正望着翁仲,
    翁仲正望着我看。

再听不到呼唤的声音,
  我吃了一惊,四面寻找;——
翁仲只是对月光出神,
    月光只对我冷笑。

招魂

（吊亡友杨子惠）

　　来，你不要迟疑，
趁此刻鸡还没有啼；
你瞧远远一点灯光，
渔火似的一暗，一亮——
那灯下是我在等你。
　　来，你不要迟疑！

　　来，为什么徘徊？
我泡一壶茶等你来。
你看这一只只白鹤，
一只只在壶上飞着，

是不是往日的安排?
　　来,为什么徘徊?

　　来,用不着犹夷;
趁我在发愣没想起,
你只管轻轻的进来,
像落叶飘下了庭阶,
冷不防给我个惊喜。
　　来,用不着犹夷!

蘅

梦神问我有心事没有,
我随口答道:"不曾,不曾!"
她对我掏出一面镜子
里面映出的分明是蘅。

笑一笑她把镜子收起,
我心里好像打着秋千;
正想问一问蘅的下落,
不提防梦神已经杳然。

走

我为你造船不惜匠工,
我为你三更天求着西北风,
只要你轻轻说一声走,
桅杆上便立刻挂满了帆篷。

无题

就是世上认不出真面目，
我们也不含糊的过一天；
问他们从海岛逃到山谷；
可有谁逃出了这个牢圈？
　那么你为什么还要悲叹？

既然世上容不得真面目，
我们爽兴热闹的做一场，
让你做歌女背一面大鼓，
我来扮作个琴师的模样——
　拨起了三弦便摇着板唱。

三月十八

（纪念铁狮子胡同大流血）

"平儿，你回来了！""是的，母亲。"
"你为什么走路卷着大襟？"
"那是在路上弄脏了一点，
　不要紧，让我去换上一件。"
"兄弟呢，怎么没同你回来？"
"他，他许是没有我跑来快；
　没什么，母亲，没什么；他，他
　自己难道还不认得回家？"
"不是，我昨晚梦见你兄弟……
　一醒来，又听见乌鸦在啼……"
"我说，你老人家不要迷信；

乌鸦哪儿管得着人的事情！"

"怎么，你两只眼肿得通红？"

"那，那是沙子儿轧得眼痛。"

"吓！你大襟上是血，可不？"

"刚才，嗳；遇见宰羊脏了衣服。"

"平儿，你，你分明是在说谎；

　　他，告诉我，他到底怎么样？……"

孙大雨

诀绝

天地竟然老朽得这么不堪！
　我怕世界就要吐出他最后
　一口气息，无怪老天要破旧，
唉，白云收尽了向来的灿烂，
太阳暗得像死尸的白眼一般，
　肥圆的山岭变幻得像一列焦瘤，
　没有了林木和林中啼绿的猿猴，
也不再有山泉对着好鸟清谈。
大风抱着几根石骨在摩娑，
　海潮披散了满头满背的白发，
悄悄退到沙滩下独自叹息
去了：就此结束了她千古的喧哗，
　就此也开始天地和万有的永劫。
为的都是她向我道了一声诀绝！

回答

你问我对她有多少爱,我不知
　怎样回答。爱情是活命的米粮,
　不幸这人间缺少了一种衡量;
它也是生命的经纬,可是谁是
造物自己,能把它析了缕,分成丝,
　再用天上的尺寸量它的短长?
　不过少年人有个共同的信仰;
都信假使没有它,大家不如死。
　我对她的爱,可以比作一片海:
零碎的殷勤好比银白的浮沤,
再没有人能把它们计数得清;
　这海没大小,轻重,也没有边界,——
她不爱我,浪头刀削一般的陡,
爱我时,太阳照着万顷的晴明。

老话

自从我披了一袭青云,凭靠在
　渺茫间,头戴一顶光华的轩冕,
　四下里拜伏着千峰默默的层峦,
不知经过了多少年,你们这下界
才开始在我的脚下盘旋往来,——
　自从那时候,我便在这地角天边,
　蘸着日夜的颓波,襟角当花笺,
起草造化的典坟,生命的记载,
(登记你们万众人童年的破晓,
　少壮的有为,直到成功而歌舞;
也登记失望怎样推出了阴云,
痛苦便下一阵秋霖来嘲弄:)到今朝
　其余的记载都已经逐渐模糊,
只剩星斗满天还记着恋爱的光明。

朱湘

美丽

美丽把装束卸下了,镜子
　　知道它可是真的,还是谎;
　　他对着灵魂,照见了真相,
照不见"善""恶"——人造的名字。

不响成天里他只深思
　　又深思——平坦在他的面上,
　　还有冷静,明白;不是往常
那些幻影与它们的美疵。

当铺

"美"开了一家当铺,
　专收的人心,
到期人拿票去赎,
　它已经关门。

雨景

我心爱的雨景也多着呀:
春夜春梦时窗前的淅沥;
急雨点打上蕉叶的声音;
雾一般拂着人脸的雨丝;
从电光中泼下来的雷雨——
但将雨时的天我最爱了。
它虽然是灰色的却透明;
它蕴着一种无声的期待。
并且从云气中,不知哪里,
飘来了一声清脆的鸟啼。

有忆

淡黄色的斜晖,
转眼中不留余迹。
一切的扰攘皆停,
一切的喧嚣皆息。

入了梦的乌鸦,
风来时偶发喉音;
和平的无声晚汐,
已经淹没了全城。

路灯亮着微红,
苍鹰飞下了城堞,
在暮烟的白被中

紫色的钟山安歇。

　　寂寥的街巷内,
王侯大第的墙阴,
当的一声竹筒响,
是卖元宵的老人。

邵洵美

洵美的梦

从淡红淡绿的荷花里开出了
热温温的梦,她偎紧我的魂灵。
她轻得像云,我奇怪她为什么
不飞上天顶或是深躲在潭心?
我记得她曾带了满望的礼物
蹑进失意的被洞;又带了私情
去惊醒了最不容易睡的处女,
害她从悠长的狗吠听到鸡鸣:
但是我这里她不常来到,想是
她猜不准我夜晚上床的时辰,
我爱让太阳伴了我睡,我希望
夜莺不再搅扰我倦眠的心神,
也许乘了这一忽的空闲,我会

走进一个园门,那里的花都能
把她们的色彩芬芳编成歌曲,
做成诗,去唱软那春天的早晨——
就算是剩下了一根弦,我相信
她还是要弹出她屑碎的迷音,
(这屑碎里面有更完全的绻绵)
任你能锁住了你的耳朵不听,
怎奈这一根弦里有火,她竟会
煎你,熬你,烧烂你铁石的坚硬。
那时我一定要把她摘采下来,
帮助了天去为她的诗人怀孕。
诗人的肉里没有污浊的秧苗,
胚胎当然是一块粹纯的水晶,
将来爱上了绿叶便变成翡翠,
爱上了红花便像珊瑚般妍明:
于是上帝又有了第二个儿子,
清净的庙堂里重换一本《圣经》。
这是我的希望,我的想:现在,她
真的来了。她带了我轻轻走进

一座森林，我是来过的，这已是
天堂的边沿，将近地狱的中心。
我又见到我曾经吻过的树枝，
曾经坐过的草和躺过的花阴。
我也曾经在那泉水里洗过澡，
山谷还抱着我第一次的歌声。
她们也都认识我；她们说："洵美；
春天不见你；夏天不见你的信；
在秋天我们都盼着你的归来；
冬天去了，也还没有你的声音。
你知道，天生了我们，要你吟咏；
没有了你，我们就没有了欢欣。
来吧，为我们装饰，为我们说诳，
让人家当我们是一个个仙人。"
我听了，上下身的血立时滚沸，
我完全明白了我自己的运命，
神仙的宫殿绝不是我的住处。
啊，我不要做梦，我要醒，我要醒。

蛇

在宫殿的阶下，在庙宇的瓦上，
你垂下你最柔嫩的一段——
好像是女人半松的裤带
在等待着男性的颤抖的勇敢。

我不懂你血红的叉分的舌尖
要刺痛我哪一边的嘴唇？
他们都准备着了，准备着
这同一个时辰里双倍的欢欣！

我忘不了你那捉不住的油滑
磨光了多少重叠的竹节；
我知道了舒服里有伤痛，

我更知道了冰冷里还有火炽。

啊,但愿你再把你剩下的一段
来箍紧我箍不紧的身体,
当钟声偷进云房的纱帐,
温暖爬满了冷宫稀薄的绣被!

女人

我敬重你,女人,我敬重你正像
我敬重一首唐人的小诗——
你用温润的平声干脆的仄声
来捆缚住我的一句一字。

我疑心你,女人,我疑心你正像
我疑心一弯灿烂的天虹——
我不知道你的脸红是为了我,
还是为了另外一个热梦?

季侯

初见你时你给我你的心,
里面是一个春天的早晨。

再见你时你给我你的话,
说不出的是炽烈的火夏。

三次见你你给我你的手,
里面藏着个叶落的深秋。

最后见你是我做的短梦,
梦里有你还有一群冬风。

神光

吃了太阳你吃了月亮,
又来了个吃不掉的神光:
她不镶在菩萨的眼中,
她不画在耶稣的头上。

啊还有什么黄昏与黑夜,
地狱的铁锁已被她卸下:
半死的鬼都变了上帝,
全死的鬼也登了仙界。

是悲泣是不知名的欢笑,
原是同一园中的花与鸟:
谢的谢了死的也死了,

不谢不死的今夜来到。

我不敢领受又不敢放弃,
我不敢把肉体来换肉体;
我有个灵魂早已飞去,
早飞至找不到的洞里。

方令孺

诗一首

爱,只把我当一块石头,
　不要再献给我:
　　百合花的温柔,
　香火的热,
　　长河一道的泪流。

看,那山冈上一匹小犊
　临着白的世界;
　　不要说它愚碌,
　它只默然
　　严守着它的静穆。

灵奇

有一晚我乘着微茫的星光，
我一个人走上了惯熟的山道，
泉水依然细细的在石上交抱，
白露沾透了我的草履轻裳。

一炷磷火照亮纵横的榛棘，
一双朱冠的小蟒同前宛引领，
导我攀登一千层皑白的石磴，
为要寻那镌着碑文的石壁。

你，镌在石上的字忽地化成
伶俐的白鸽，轻轻飞落又腾上；——
小小的翅膀上系着我的希望，

信心的坚实和生命的永恒。

可是这灵奇的迹,灵奇的光,
在我的惊喜中我正想抱你紧,
我摸索到这黑夜,这黑夜的静,
神怪的寒风冷透我的胸膛。

林徽音

笑

笑的是她的眼睛，口唇，
和唇边浑圆的旋涡。
艳丽如同露珠，
朵朵的笑向
贝齿的闪光里躲。
那是笑——神的笑，美的笑：
水的映影，风的轻歌。

笑的是她惺松的鬈发，
散乱的挨着她耳朵。
轻软如同花影，
痒痒的甜蜜
涌进了你的心窝。

那是笑——诗的笑，画的笑：
云的留痕，浪的柔波。

深夜里听到乐声

这一定又是你的手指,
轻弹着,
在这深夜,稠密的悲思;

我不禁颊边泛上了红,
静听着,
这深夜弦子的生动。

一声听从我心底穿过,
忒凄凉
我懂得,但我怎能应和?

生命早描定她的式样,

太薄弱

是人们的美丽的想象。

除非在梦里有这么一天,

你和我

同来攀动那根希望的弦。

情愿

我情愿化成一片落叶,
让风吹雨打到处飘零;
或流云一朵,在澄蓝天,
和大地再没有些牵连。

但抱紧那伤心的标帜,
去触遇没着落的怅惘;
在黄昏,夜半,蹑着脚走,
全是空虚,再莫有温柔;

忘掉曾有这世界;有你;
哀悼谁又曾有过爱恋;
落花似的落尽,忘了去

这些个泪点里的情绪。

到那天一切都不存留,
比一闪光,一息风更少
痕迹,你也要忘掉了我
曾经在这世界里活过。

仍然

你舒伸得像一湖水向着晴空里
白云，又像是一流冷涧，澄清
许我循着林岸穷究你的泉源：
我却仍然怀抱着百般的疑心
对你的每一个映影！

你展开像个千瓣的花朵！
鲜妍是你的每一瓣，更有芳沁，
那温存袭人的花气，伴着晚凉：
我说花儿，这正是春的捉弄人，
来偷取人们的痴情！

你又学叶叶的书篇随风吹展，

揭示你的每一个深思；每一角心境，
你的眼睛望着我，不断的在说话：
我却仍然没有回答，一片的沉静
永远守住我的魂灵。

陈梦家

雁子

我爱秋天的雁子,
　　终夜不知疲倦,
　(像是嘱咐,像是答应,)
　一边叫,一边飞远。

从来不问她的歌,
　　留在哪片云上?
　只管唱过,只管飞扬,
　黑的天,轻的翅膀。

我情愿是只雁子,
　　一切都使忘记——
　当我提起,当我想到,
　不是恨,不是欢喜。

摇船夜歌

今夜风静不掀起微波,
小星点亮我的桅杆,
我要撑进银流的天河,
新月张开一片风帆;

让我合上了我的眼睛,
听,我摇起两支轻桨——
那水声,分明是我的心,
在黑暗里轻轻的响;

吩咐你:天亮飞的乌鸦,
别打我的船头掠过;
蓝的星,腾起了又落下,
等我唱摇船的夜歌。

夜

我顶爱没有星那时的昏暗，
没有月亮的影子爬上栏杆；
姑娘，这时候快蹑进这门槛，
悄悄的挨近我可不要慌张，
让黑暗拥抱着只露出心坎。

挂着你流的眼泪不许揩干，
透过那一层小青天朝我看；
姑娘，你胆小，这时候你该敢
说出那一句话，从你的心坎——
没有人听见，也没有人偷看。

乘着太阳还徘徊在山背后，

门前瞌睡着那条偷懒的狗；
姑娘，你快走，丢下你的心走，
不要记得，这件事像不曾有，
好比一场梦，——你多喝了酒。

一朵野花

一朵野花在荒原里开了又落了,
不想到这小生命,向着太阳发笑,
上帝给他的聪明他自己知道,
他的欢喜,他的诗,在风前轻摇。

一朵野花在荒原里开了又落了,
他看见青天,看不见自己的渺小,
听惯风的温柔,听惯风的怒号,
就连他自己的梦也容易忘掉。

白马湖

白马湖告诉我：
老人星的忧伤，
飞过的水活鸽，
　月亮的圆光。

我悄悄的走了；
沿着湖边的路，
留下一个心愿；
　再来，白马湖！

再看见你

再看见你。十一月的流星
掉下来,有人指着天叹息;
但那星自己只等着命运,
不想到下一刻的安排
这不可捉摸轻快的根由。
尽光明在最后一闪里带着
骄傲飞奔,不去问消逝
在那一个灭亡,不可再现的
时候。有着信心梦想
那一刻解脱的放纵,光荣
只在心上发亮,不去知道
自己变了沙石,这死亡
启示生命变异的开端,——

谁说一刹那不就是永久!

　我看了流星，我再看你，
像又是一闪飞光掠过我的心，
瞧见我自己那些不再的日子：
那些日子从我看见了你，
不论是雨天是黑夜
我念着你的名字，有着生，
有着春光一道的暖流
淌过我的心。那些日子
我看见你，我只看着
看着你在我面前，我不做声。
我有过许多夜徘徊在那条街上
望着你住的门墙，一线光，
我想那里一定有你；我太息
透不进你的窗棂。只有门前
那盏脆弱的灯好像等着，企望
那不能出现的光明！更惨的
那一声低的雁子叫过
黑的天顶，只剩下我

站立在桥下。那些日子
我又踯躅在大海的边岸,
直流泪,上帝知道我;
海水对我骄傲,那雄壮
我没有,我没有;我只不敢
再看见青天,横流的海,
影子跟着我走回我的家。

　这些我全不忘记,我记得
清楚,像就在眼前的一刻——
那时候我愿望
是一支小草,露珠是我的天堂;
但你另留下一个恍惚,
踯躅的踪迹,我要追寻,
我不能埋怨天,我等着
等着你再来,再来一次。
就算是你的眼泪,你的恨。
可是到了秋天,我才看见
一个光明再跳上我的枯梢
雪亮,你的纯洁没有变更。

我听到落叶和你一阵
走近我的身边敲我的门：
你再要一次的投生。

  我本来等着冬来冻死，
贪爱一个永远的沉默；
这一回我不能再想，
我听到春天的芽
拨开坚实的泥，摸索着
细小细小的声音，低低地
"再看见你——再看见你！"

我是谁

我是谁？是的倘使你想
知道，我一定，一定告诉你
　一个完全。我要把心像
描在诗句上，像云在水里
　映现的影子，不用说谎，
天在上面。人不能骗上帝。
　上帝！哦，他启示我天堂
那儿有真实的美，是透明
　在我自己心里放灵光，
最是纯洁，她却不是眼睛
　看得着的神圣；这奇丽
可用不着装饰，她要信心
　建造她的宫殿。我自己

不明白，信着这样一个梦：
　　梦见一个洞，深到无底，
灰色的燕子成群飞，有风，
　　有蜘蛛织的网，满天穿；——
我爱，黑暗里光明的闪动，
　　像秘密的关紧在一团
真金中心里的一小点水，
　　太阳收不起，也晒不暖
她的心；容她自己去赞美
　　永恒的亮。我就最甘愿
长远在不透风的梦里睡。——
　　睡？呀！这话可说得太远，
不是，你想要听我的身世？
　　我寒伧，讲来真要红脸。
我轻轻掀过二十张白纸，
　　有时我想要写一行字：

我是一个牧师的好儿子。

方玮德

海上的声音

那一天我和她走海上过,
她给我一贯钥匙一把锁,
她说:"开你心上的门,
让我放进去一颗心!
　请你收存,
　请你收存。"

今天她叫我再开那扇门,
我的钥匙早丢掉在海滨。
成天我来海上找寻,
我听到云里的声音——
　"要我的心,
　要我的心!"

幽子

每到夜晚我躺在床上，
一道天河在梦中流过，
河里有船，船上有灯光，
　　我向船夫呼唤：
　　"快摇幽子渡河。"

天亮我睁开两只眼睛，
太阳早爬起比树顶高，
老狄打开门催我起身，
　　我向自己发笑：
　　"幽子不来也好。"

风暴

满天刮起一团风暴，
电火在林子里奔跑，
这不是风声，谁在叫；
一张脸凑近耳朵，
（一堆热情，一把火。）
"爱，别怕，是我！"

一团风暴起在心底，
漆黑，我看不清天地；
这分明是在白昼里，
没有雷，风也不吹；
一只影子向前飞，
"呵，天，那是谁？"

微弱

我在数天上的星,
我问:"是哪一颗星
正照着她的家乡?"
　　星子不做声
　　　这一夜
露水落在我的脸上。

我走过一条江水
我问:"是哪个时候
你流过她的家乡?"
　　水不答我话,
　　　这一夜
沉默落在我的脸上。

梁镇

晚歌

西去的太阳！我请你，啊，停一停！
把消息带去给我远方的爱人：
说我跟从前一样的恋她心切，
我的心肠有你太阳那般赤热。

你从东方爬起，朝着西方举步，
每天只走着一条不变的线路；
碰见我爱人的面，要替我说到，——
说我在这儿，依旧在为她颠倒。

默示

弦琴已经沉到了海底,
月亮不再露她的圆光,
地平上浮起一道霞彩,
使我欢喜,也使我绝望。

爱,这时候我在玩味
你的叹息,你的眼泪。

最温柔的四月,他们说;
花在迸发,林鸟在歌唱。
你听,那绿野上,幽谷内,
蜂群颤动金色的翅膀。

爱,这时候我挨近你,
低声唤出你的名字。

天是那样青,又那样美,
隐约传来城市的喧响;
啊,宁谧的生命的伟力,
你在从穹苍慢慢下降!

爱,我怎能说这默示
在我们心里会消逝?

想望

为甚么我不能忘记你,南国的高原?
　　我依然听见你金蛇的响,猛虎的啸;
还有那雪亮的刀光一直接到上天:
　　那终年倒挂在云雾里嘶喊的飞瀑。

那里纡曲的河堤挺着一株株扁柏,
　　橄榄树下有处女桃色的面庞闪亮。
麋鹿在高冈上羞怯得发恍,它望着
　　那原野上麦浪和白日交织的流光。

我想:我一天要去,去永远歇在那里,——
　　看秋鹰摩着青天旋转,听燕子啁啾;
用手抚住胸口摸索我从前的剧痛,
　　我要腾出工夫听凭眼泪缓缓的流!

卞之琳

望

小时候我总爱望清明的晴空,
  把它当作是一幅自然的地图:
  蓝的一片是大洋,白云一朵朵
大的是洲,小的是岛屿在海中;
大陆上颜色深的是山岭山丛,
  许多孔隙,裂缝是冷落的江湖,
  还有港湾像在望风帆的归途,
等它们报告发现新土的成功。
如今正像是老话的沧海桑田,
满怀的花草换得了一片荒烟,
  就是此刻,我也得像一只迷羊,
带着一身灰沙,幸亏还有蔚蓝,
还有仿佛的云峰浮在缥渺间,
  倒可以抬头望望这一个仙乡。

黄昏

"我看见你乱转过几十圈的空磨,
 看见你尘封座上的菩萨也做过,
 你叫床铺把你的半段身子托住。
  也好久了,现在你要干什么呢?"
  "真的,我要干什么呢?"

"你该知道罢,我先是在街路边,
 不知怎的,走进了更冷清的庭院,
 又到了屋子里,又挨近了墙跟前,
  你替我想想看,我哪儿去好呢?"
  "真的,你哪儿去好呢?"

魔鬼的夜歌

夜里一个魔鬼
对着一座孤坟
（孤坟里的少女
在世时真多恨！
为的是她很美，
很美又很多情）
提起了沙喉咙，
弹起了小手琴，
唱：——

起来罢，我的爱！
我给你一面明镜——
这是我觅来的宝，

死水上面的黑冰——

照照看，你现在是
刚在开花的时候：
我爱你蜡样的脸，
我爱你铅样的口！

你要抹粉也可以，
用这一瓶白的雪；
你要涂脂也方便，
用这一杯红的血！

害羞吗？我的面膜——
一方软的蜘蛛网；
那儿有软的坐垫——
一只发肿的死狼：

我们去坐看月亮
在西天边上病倒，

她死了也不要紧,
我们有磷火照耀。

你可爱紧凑的抱,
你可爱服帖的吻?
我有蛇一般的臂,
我有蚕一般的唇。

快起来罢,我的爱!
我们叫鸱鸮唱歌,
还叫破钟敲拍子,
我们一块儿舞跳!

寒夜

一炉火。一屋灯光。
　老陈捧着个茶杯,
对面坐的是老张。
老张衔着个烟卷;
　老陈喝完了热水。
他们(眼皮已半掩)
看着青烟飘荡的
　消着,(又像带着醉)
看着煤块很黄的
烧着,哦,他们昏昏
　沉沉的,像已半睡……
当!哪儿来的钟声?
听两下,三下,四下。……

沙沙，有人在院内跑着，"下雪了，真大！"

俞大纲

她那颗小小的心

那一晚,天黑,也没有星,
我和她,数着成串的街灯,
我们并肩走去,一盏,两盏,三盏,……
看不分明,也数不清,
我说"别再数,这没意思的街灯,
我有一盏,明亮,活跳,永远照着我,
那是你——你那颗小小的心"。

这一晚,天黑,也没有星,
我和她,又来到街灯下步行,
头上照着,一盏,两盏,三盏,……
我们不再数,也数不清,
四围像死去,没有声音,

这下我听见自己说话的灵魂，

他说"今天，你该知道，照着你，

只有街灯，可怕的年月，

淹没她那颗小小的心，

你别傻，谁还肯给你一点光明"。

你

我时常看见你，
在我梦境里淹留，
啊，只是一片影子，
像白云般飘流。

在那溪涧里，时常
闪动着你的星眸
一颗露珠上又有
你眼角滴下的愁。

清风，或长虹里，
我看见，我听见你：
轻轻的你招呼我，
在说，"我在这里！"

沈祖牟

瓶花

我没法安排这寂寞的心境，
像黄昏抛不了孤零的雁影，
　　我不敢说我思量你，
　　为的是这无从想起，
一瓶的花追悼过去的光阴。

我没法安排这思家的心跳，
瓶花开不了故乡的欢笑，
　　掉了，一瓣也摇着深秋，
　　砚池里有漂泊的轻舟，
跟着我的心，一起给霜风凭吊。

港口的黄昏

黄昏天，海风带了哨子吹，
一群白鸥乱赶着浪花飞，
远远的是明礁，礁上的红灯，
我想，我该安排下平和的睡。

最难遣是走不完的日子，
有人苦着挨，也有人欢喜；
我贪图像一带隔水的西山，
每每冷轻轻的把阳光收起。

沈从文

颂

说是总有那么一天,
你的身体成了我极熟的地方,
那转弯抹角,那小阜平冈;
一草一木我全都知道清清楚楚,
虽在黑暗里我也不至于迷途。
如今这一天居然来了。

我嗅惯着了你身上的香味,
如同吃惯了樱桃的竹雀;
　辨得出樱桃香味。
樱桃与桑葚以及地莓味道的不同,
虽然这竹雀并不曾吃过
　桑葚与地莓也明白的。

你是一枝柳,
有风时是动,无风时是动:
但在大风摇你撼你一阵过后,
你再也不能动了。
我思量永远是风,是你的风。

对话

你说"我请你看你自己脚下的草,
如今已经绿到什么样子!
你明白了那个,
也会明白我为什么那么成天做诗"。

"你说水不会在青天沉默的,
　它一定要响;
鸟不会在青天沉默的,
　它一定要唱;
你为什么自己默默的,
　要我也默默的?"
"可是,你说的那草,
　它也是默默的。"

我欢喜你

你的聪明像一只鹿,
你的别的许多德性又像一匹羊;
我愿意来同羊温存,
又担心鹿因此受了虚惊:
故在你面前只得学成如此沉默,
(几乎近于抑郁了的沉默!)
　你怎么能知?

我贫乏到一切:
我不有美丽的毛羽,
并那用言语来装饰他热情的本能也无!
脸上不会像别人能挂上点殷勤,
嘴角也不会怎样来常深着微笑,

眼睛又是那样笨——
　　追不上你意思所在。

别人对我无意中念到你的名字，
我心就抖战，身就沁汗！
并不当到别人，
只在那有星子的夜里，
我才敢低低喊你的名字。

悔

生着气样匆匆的走了,
这是我的过错罢。
旗杆上的旗帜,为风激动,
飚于天空,那是风的过错。
只请你原谅这风并不是有意!

春天来时,一切树上苏生、发芽,
你是我的春天。
春天去了能再归来,
难道你就让我一直萎悴下去么?

倘若你来时,
愿你也偷偷悄悄的来;

同春一样：莫给人知道，
把我从酣腾中摇醒。

你赠给我的那预约若有凭
就从梦里来也好罢。
在那时你会将平日的端重减了一半，
亲嘴上我能恣肆不拘。

无题

妹子,你的一双眼睛能使人快乐,
我的心依恋在你身边,比羊在看羊的
  女人身边还要老实。

白白脸上流着汗水,我是走路倦了的人,
你是那有绿的枝叶的路槐,可以让我歇憩。

我如一张离了枝头日晒风吹的叶子,半死,
但是你嘴唇可以使它润泽,还有你颈脖同额。

梦

我梦到手足残缺是具尸骸,
不知是何人将我如此谋害?
人把我用粗麻绳子吊着颈,
挂到株老桑树上摇摇荡荡。

仰面向天我脸是蓝灰颜色,
口鼻流白汁又流紫黑污血:
岩鹰啄我的背膊见了筋骨,
垂涎的野狗向我假装啼哭。

薄暮

一块绸子，灰灰的天！
点了小的"亮圆"；——
白纸样剪成的"亮圆"！
　　我们据了土堆，
　　　头上草虫乱飞。

平林漠漠，前村模样，
烟雾平平浮漾；——
长帛样振荡的浮漾！
　　不见一盏小灯，
　　　遥闻唤鸡声音。

　注："亮圆"，苗语"月"。

杨子惠

"回来啦"

黑夜的毛手紧贴着纸窗,
老鼠也不敢来梁上张望。
暗室里成了静寂的死城,
有时却偷出"回来啦"一声。

灯火已点得像半丝豆芽,
弥留着欲落未落的灯花。
有一个妇人在灯下问卜,
她的孤影在寒壁上起伏。

她放上烟袋又拿起针筐,
又时刻的揭开窗帷探望:
"冰儿啊,冰儿,你怎不回来?

可知道母亲的心脏裂开。"

"难道又是残叶吹上走廊？——
这分明是冰儿脚步在响。"
她一心去听那门声咿呀，
却没留神房里暗了灯花。

"冰儿，回来啦？你到了哪里？
李顺呢？怎么，他没找着你？"
她走上去吻她儿子的脸，
她笑得像黑云镶着银边。

忽然一声鸡啼报了五更，
接着又阴风吹灭了油灯。
她再叫声"冰儿"却没答应，
只闻到阵血腥摸不着人。

暗室里成了静寂的禁城，
有时还漏出"回来啦"一声。

黑夜的毛手还贴着纸窗，
老鼠再不敢来梁上张望。

铁树开花

毛三的脸有墓碑那样冷重,
他走起路来更没一点声音;
如果看见孩子们吓得乱跑,
定是他背着锯子走过街心。

他背着锯子轻轻走进店里,
盘起辫子一声不响的做活:
他从锯声里想到骨屑乱飞,
拿着斧头又看见鬼劈脑壳。

一面胡思乱想他一面做活,
忽然病的儿子在眼前一晃:
"难道做成棺材是给儿子睡?"

他心里一阵刺痛昏在地上。

他回家看见屋里满是阴气，
妻子正嘶着嗓子伏在灵前。
他一面烧着纸钱一面号哭：
爽性把家伙也都扔在里边。

她

人说上帝是个勇士的形相,
　　一身多少英雄气概;
我说上帝像个婴孩的模样,
　　一心满是天真的爱;
不然上帝怎能创造她的心,
除非把自己的心灵作模型。

人说上帝是个老翁的形状,
　　万缕银丝披满肩背;
我说上帝像个妙龄的女郎,
　　像白莲在风中摇摆;
不然上帝怎能创造她的形,
除非把自己的样子作模型。

朱大枬

笑

赤霞纱里跳着一炷笑,

轻盈的,是红灯的火苗,

有的笑,温慰你暗淡的长宵。

翠羽湖里摇着一朵笑,

清癯的,是白莲的新苞,

有的笑,清醒你昏沉的初晓。

青铜鞘里晃着一柄笑,

霍霍的,是雪亮的宝刀,

有的笑,斩断你灵府的逍遥。

春光

绿蜡笺上烘出一片云霞,
是杏花倩影投映浮萍洼。
洼里潆洄着浅碧的螺旋,
和淡青的香篆袅袅的牵:
春光撩起这流动的春光。

默向凉秋

天平孤雁一声叹息，

地上平添一段芦枝，

疑猜：这芦枝是从故乡带来？

咽露的草虫在墙阴，

吐一声回荡的哀鸣，

忍耐，和黄叶同听霜风安排。

吹透不禁风的薄衣，

系逼着澈髓的寒气，

待热酒来温慰凉秋的愁怀；

晚风撕碎芭扇的影，

蝙蝠弄檐前的黄昏，

快爬向心头，筮虚庭的暮霭。

淡忘

比经验,我不敢和你们夸多,
但心里的干净谁比不上我。
这心灵的磁罂里感的就少,
还从痹弱的记忆完全漏掉。

看雨后的天空,我爱它干净,
比水的清,水里没有片乌鳞;
一网打尽充满云天的鱼鳅,
拦天的网是丝丝冷雨织就。

磁罂里不给你清水的供养,
你乌鳞也没法到心里潜藏。
你痹弱的记忆,我真心赞美:
漏掉的经验比那冷风霏微。

感慨太多

天绷着长的苦脸没拉开,
红日烘不透地上的绿苔,
天天瞧着这怆心的烦闷,
天天熬着我怆心的烦闷。
　也别笑我的感慨太多,
　　人生就在这阴霾里过。

雨夜听檐滴和沟流呜咽,
风夜听落叶如涛的狂掀,
枕上夜夜听不断的叹息,
枕上夜夜我不断的叹息。
　也别笑我的感慨太多,
　　人生就在这风雨里过。

落日颂

在大暑天不劳你鲁阳挥戈,
还望后羿的神箭再射日落;
但喝退了狂吐凶焰的金乌,
这青草塘池里的鼓吹一部。
他偷藏西山背后喘气吁吁,
微芒的残焰喷散淡霞凄迷,
豆麦的清芬弥漫山野水田。
这天边也不容他余影依恋。
看他懊恼的终褪淡了光华;
静默里安息着胜利的青蛙。
成群结队的萤芦苇里游玩,
绿纱影里掩映着红灯一串,
密叶里青虫奏着细乐婉转,

伴我们享用这晚凉的盛筵：
来庆赏这鼓手丰伟的奇迹，
他战退后羿射不掉的红日。

刘梦苇

铁路行

我们是铁路上面的行人,
爱情正如两条铁轨平行。
许多的枕木将它们牵连,
却又好像在将它们离间。

我们的前方像很有希望,
平行的爱轨可继续添长:
远远看见前面已经交抱,
我们便努力向那儿奔跑。

我们奔跑到交抱的地方,
那铁轨还不是同前一样?
遥望前面又是相合未分,

便又勇猛的向那儿前进。

爱人只要前面还有希望,
只要爱情和希望样延长:
誓与你永远的向前驰驱,
直达这平行的爱轨尽处。

最后的坚决

今天我才认识了命运的颜色,
——可爱的姑娘,请您用心听;
不再把我的话儿当风声!——
今天我要表示这最后的坚决。

我的命运有一面颜色红如血;
——可爱的姑娘,请您看分明,
不跟瞧我的信般不留神!——
我的命运有一面颜色黑如墨。

那血色是人生的幸福的光泽;
——可爱的姑娘,请为我鉴定,
莫谓这不干您什么事情!——

那墨色是人生的悲惨的情节。

您的爱给了我才有生的喜悦；
——可爱的姑娘，请与我怜悯，
莫要把人命看同鹅绒轻！——
您的爱不给我便是死的了结。

假使您心冷如铁的将我拒绝；
——可爱的姑娘，这您太无情，
但也算替我决定了命运！——
假使您忍心见我命运的昏黑。

这倒强似有时待我夏日般热；
——可爱的姑娘！有什么定准？
倘上帝特令您来作弄人！——
这倒强似有时待我如岭上雪。

生辰哀歌

(遥寄我的妈妈)

今天,是我这无尽期的飘零人的生辰,
脆弱的心早裸上了人生的苦恨层层,
它好像是黑夜里被乌云埋没的孤星,
虽有晶莹的本体,也放不出一线光明!
这生辰,这青春逃遁时留存下的记痕,
我苦恨的心回到了明媚,浩大的洞庭;
那洞庭之滨有母亲生下我来的地境,
那儿,母亲曾经流泪消磨了她的年青;
　　夕阳光里微微颤动的洞庭波,
　　都是她哭夫跟我思亲的泪颗!

这生辰，这青春逃遁时留存下的记痕，
我苦恨的心重忆起多年久别的母亲：
母亲！在这感慨的生辰，我是向您感恩，
还是逆情地昧心地对着您表示怨愤？
生我时便一齐开始了您流泪的命运，
三年我便离去了您孤身的到处飘零：
如浮萍，似断线的风筝，我在人间鬼混，
遇的只有冰冷，二十年与人漠不关情！
　　母亲哟！这是您当日铸的大错，
　　不该生下我！但您为什么生我？

既生了，就该永恒不让我离开您的身，
为什么早把我抛弃？那时尚行步不稳！
我自上人生的战场，闯进人生的魔阵，
到今已是遍身伤痕犹没有法儿逃奔；
别去风光明媚的故乡为的家人凶凌，
为了追寻绝影的真情我曾忧闷成病；
我也曾不幸被那红艳艳的嘴唇诱引，

不自主地向那桃色的女郎低首下心：
  母亲！您说我从她得着了甚么？
  尝的飘际痛苦，望着镜里欢乐！

今天，是我这无尽期的飘零人的生辰，
不对母亲感恩只向她哀歌我也怨恨！
母亲！假使您将我生得木石一般无情，
也省得被诱引来此迷惑的情场驰骋；
假使您将我生得跟鹿豕一般的愚蠢，
也好沉默地无抵抗忍受世人的欺凌；
但是这沾执的痴情与这自误的聪明，
使我负创，犹在人生的阵上转战不停；
  母亲哟！这是您当年铸的大错，
  不该生下我！但您为什么生我？

致某某

雀鸟喧噪在门前的树间,
　　晨光偷进我深沉的梦境:
惊醒后起来奔赴到院前,
　　领略朝阳初现时的美景;
但我重忆起了你的华颜,
　　你比朝阳还要娇艳几分!

炎日燃烧在清朗的中天
　　树荫下只有我独在纳闷:
碧澄澄的池水蒸发升烟,
　　我春情的海潮已经沸腾,
但我重忆起了你的情焰,
　　你比炎日还要热烈几分,

夕照悬挂在幽邃的林边，
　　向人间赠送最后的离情：
叹气似的吐轻雾在树巅，
　　缕缕袅绕穿过黄昏的心；
但我重忆起了你的爱恋
　　你比夕照还要缠绵几分！

示娴

请将你的心比一比我的心,
倒看谁的狠,谁的硬,谁的冷?
为你我已经憔悴不成人形,
啊娴!到如今你才问我一声:
你当真爱了我吗?你当真?

但我总难信爱人会爱成病,
你还在这般怀疑我的病深。
啊娴!你把世界看得太无情,
今后只有让我的墓草证明:
它们将一年一年为你发青。

出版说明

"大家小书"多是一代大家的经典著作,在还属于手抄的著述年代里,每个字都是经过作者精琢细磨之后所拣选的。为尊重作者写作习惯和遣词风格、尊重语言文字自身发展流变的规律,为读者提供一个可靠的版本,"大家小书"对于已经经典化的作品不进行现代汉语的规范化处理。

提请读者特别注意。

北京出版社